This book was purchased through a grant made by the Literacy for Life Fund.

The Literacy for Life Fund is a joint project involving Literacy Partners of Manitoba, Winnipeg Public Library and The Winnipeg Foundation. The Fund will help support existing and innovative family literacy initiatives. Income generated by the fund will be allocated as grants to qualifying community family literacy programs and to programs in branches of the Winnipeg Public Library.

Literacy for Life

Dirección editorial: Antonio Moreno Paniagua
Gerencia editorial: Wilebaldo Nava Reyes
Coordinación de la colección: Karen Coeman
Diseño de la colección: La Máquina del Tiempo
Ilustraciones: Margarita Sada

Yo, Claudia

Primera edición en español: junio de 2006

Av. Morelos 64, Col. Juárez, C.P. 06600
México, D.F.
Tel.: (00 52) 55 5128-1350
Fax: (00 52) 55 5535-0656
Lada sin costo: 01 800 536-1777

info@edicionescastillo.com
www.edicionescastillo.com

Ediciones Castillo forma parte del Grupo Editorial Macmillan

Miembro de la Cámara Nacional de la Industria Editorial Mexicana.
Registro núm. 3304

ISBN: 970-20-0845-X

Impreso en Tailandia / *Printed in Thailand*

Impreso por
Thai Watana Panich Press Co., Ltd.
Wave Place Building, 9th Floor
55 Wireless Road, Lumpini, Pathumwan
Bangkok 10330, Tailandia
Julio de 2006

Yo,

Para Claudia,
Princesa de Montenegro.

Antes de papá,
cuatro Federicos estiraron la pata
y yacen sepultados
en el sótano del castillo.

Yo, Claudia, soy princesa.

Mamá se fue de compras a París
hace unos meses
y no ha vuelto.
Papá vive tan ocupado
que no tiene tiempo de extrañarla.

Papá y yo vivimos solos en el palacio.

No tengo hermanos.
Yo, Claudia, soy la única princesa
de este palacio.

Vivimos casi solos

porque ahí está Abelardo del Carpio,
el viejo jardinero
que todas las mañanas
deja una rosa fresca
en mi ventana.

Casi solos.

Ahí está la negra Eufemia,
que nos cocina
y a veces me jala las orejas.

—Soy princesa— digo.

—Muy princesa serás
pero te lavas las manos antes de comer
—dice la negra Eufemia
con la autoridad de sus ochenta kilos.

Casi solos.

Tengo un gato
de sangre azul y ojos verdes:
Casimiro del Monte.

Siempre que puede,
papá evita las grandes recepciones,
los bailes, las ceremonias.

Entonces comemos
en la cocina
con la negra Eufemia.

Un día, papá enfermó
y me cedió el trono por tres días.

Me divertí.

Yo, Claudia,
hice pintar el palacio,
cambié las pinturas,
adorné las estatuas del jardín,
repartí tierras a los pobres
y aumenté el salario de otros.

Yo, Claudia,
modifiqué algunos impuestos,
repartí leche y pan en las escuelas,
condecoré a Eufemia y Abelardo
y les nombré asistentes.

palacio
estadio
panadería
cine

Veterinario
escuela
cancha de futbol
fábrica de muñecas

Cuando papá volvió del hospital,
por poco se muere de un patatús.
Éstas fueron sus quejas:

—¿Cómo voy a vivir en un palacio rosado?

—¿Dónde pusiste el retrato de mi tío Clodomiro?

—¿Qué le hiciste a la estatua de doña Isabel?

De los pobres no dijo nada.

De los impuestos, tampoco.

De la leche y el pan, menos.

En cuanto a las medallas

de las condecoraciones,

tenemos tres baúles repletos.

Papá pensó mejor las cosas,
sonrió y me dio un beso.

Levantó una ceja antes de preguntar:
—¿Qué harías si de pronto viajo a París
y te dejo en el trono
unos tres meses?

Una semana después,
para sorpresa de todos,
papá dijo:

—Necesito aliviarme
de unos dolores, Claudia.
Ahí te dejo el país.
Voy y vuelvo.

Entonces empezó la diversión.